문학시선 127

봄날의 러브레터

Love
Letter

안혜숙 시집

문학의식

봄날의 러브레터

Love Letter

안혜숙 시집

문학의식

미래를 꿈꿀 수 있다는 것, 그 이상 바람직한 삶은 없겠지요
그 꿈을 위해서 저는 시를 씁니다
시 쓰기를 통해서만이 제 본질을 찾을 수 있으니까요

문득, 십여 년이 넘도록 써왔던 시들이 궁금해지더군요
연습장, 메모지, 책갈피 등에서 얼굴을 내미는 제 시들을
보면서 아직도 제게 남아있는 사랑을 보았습니다
그 사랑은 축복이고 행복이었음을 깨달았지요

제가 꿈꾸는 세상이
여전히 사랑이라는 사실은 제게 희망을 줍니다
이 기쁨을 여러 이웃들과 함께 나누고자 한 권의 시집으로
엮어봅니다.

2015년 3월 봄날에
안혜숙

목차

제 1 부

새

허공으로
아름다운 통증이 낮게 날아간다
더위에 지친 낯선 군상들의 표정과
생의 한 자락을 물고 벼랑으로
사라지는 새

지상에서는 영원히 다시 볼 수 없는
물결과 별빛이 부딪히는 소리
그 아픈 소리에 천 개의 귀를 열고
가만히 운다

목화 터지듯 하얗게 피어오른
밤하늘에 별 하나
강물위에 떨어져

맨발로 서 있는
고독의 끝에서 길을 여는 새
등짝을 찰싹 후려친다

모자인간

햇빛 쏟아지는 계절에는
모자를 쓰자

세찬 소나기보다
강혹한 바람보다
더 강한 햇볕들의 잔치

숨어 보자 꼭 숨자
세상을 덮을 듯이 깊숙이
모자를 쓰자

세상엔 볼 게 너무 많아
눈 없이 세상을 보자
얼굴을 감추자
모자를 쓰자

꿈으로 보는 세상
햇빛은 찾을 수 없다
오래고
오랜 기억을 되살려 추억하자

볼 것 다 봤으니
이제는
모자를 쓰자

태초의 산이 솟는다

산맥을 넘어 온
너는
눈보라였는가 아니면
한 줄기 빛이었던가

허물어진 역사를 다시 쌓고
때에 찌든 거리를 쏘다니며
쌓아올린 탑을 허무는
너는
한 페이지 발자국

골목을 쏘다니는 나팔소리도
떠도는 욕설도
아랑곳없이 휘몰아가는
너는
한 무리의 도적떼

차가운 네 손 끝에서
태양은 우울한 표정을 감추지
못해

길은 인적을 잃고
태초의 산은
모래바람으로 다시 솟는다

엄마 별

창 밖 어둠 사이
긴 그림자 하나 지나가고
어둠 속 별빛 사이
어젯밤 꿈에 보았던 어머니의 얼굴이 투명하다

내 손을 꼭 잡아주시던 어머니
형광등 불빛이 너무 밝다고 등을 돌리셨는데
눈가에 번지는 물기
얼어붙도록
내 손은 병실의 냉기를 알아채지 못했다

가로등 불빛 사이
어머니를 산에 묻고 돌아오던 날
발길에 밟히는 나뭇잎 소리에 멈춘 걸음
어둠 속에 떨어지는
별 하나
가슴에 품을 수 없었다

저 어둠 속 별빛 사이
어머니는 별빛 속에 얼굴을 감추고
어머니를 부르지만

꿈도 아닌데
목소리가 새나오지 않는다

창문을 두드리는 바람의 손짓
밤새워 걷는 희미한 기억들
별빛 속에 숨어 반짝이는 그리움이 있기에
밤하늘은 언제나 새로운 꿈을 안겨준다

바다에서 나를 본다

노을이 속살을 할퀴고 있다

선홍빛으로 물든 파도의 절규
긴 해안선을 따라가는 갈매기 울음소리
바람의 숨결에 길을 헤맨다

어둠의 그림자 그 끝은 보이지 않고
밤새 걸어도 아득히
등대만이 고깃배 밤불처럼 흔들린다

닫힌 귀 열어주는 물결의 속삭임
인생의 절정은 바다에 있는 것이라고

아, 그곳은 태초의 자궁 속
죽은 자와 산 자의 기도가 함께 있는 곳
우주의 근원을 따져서 무엇하리

저 바다에 내 삶이 있으면 그만인 것을

꿈

잡을 수도 버릴 수도 없는
허상의 집합
한마디 말도 외침도 없는
밤이었다

숲 1

눈부신 햇살 속에 숨겨진 비밀 있다
실없이 떨어지는 그리움 꿈틀대고
피어난 한 줄기 빛에도 나무는 숨는다

사랑보다 더 진한 추억들이
심장에 머물러 있는 저 바람의 집
나무들의 속삭임이 은밀하게 숨을 수 있는

.

숲 2

계절마다 남기고 간 이야기
소리 내어
울 수 있는 마음

언제나
찾아가면 반겨주는 손짓
가랑비가 남기고 간 흔적에도
스러지지 않는 잎새
계절이 지나도

다시 찾아 올
새들의 둥지가 있기에
나무들은 잠들 수 있다

멀리 두고 온 휘파람소리

어제의 화한 때문에 귀향마저 거부당한 안개 그 속에
새롭게 태어나는 점선의 음향들
그리고 그리움도 함께

봄비라도 내려야 하는지
햇살은 조각나고 까닭없이 젖어드는
창가의 그림자

소리죽여 흐느끼며 다가오는
휘파람소리
꽃향기 그윽한 들녘을 지나
검은 숲을 스치면서도 오로지 그대를
바람 밖으로 생각하는

그것만이 내 목숨을 불사르게 하는
열기라면
바람에 풀어지는
안개라면

아버지

임진강은 얼어붙은 시간의 방향을 기억한다
북녘하늘의 적막 속으로
줄지어 새들이 걸어간 지 오래

서성이듯 천천히
강물 위에 제 몸을 새기고

잔기침 소리 멀고 먼
북녘을 넘어
뒤척이며 문틈에 쌓인다

어두워서 흔들리는 시간
아파서 부르지 못한 이름 하나
비명처럼 잠수한다

바다에 핀 꽃
– 세월호에 부친다

은한강 별들처럼 하얗게 피어나던
눈이嫩芽의 꿈 조각내던 해풍은 자취없고
바다는 세월의 이랑을 넘나든다

불화산 용솟음이 벼랑 끝 휘도는데
파도의 핏빛 휘장
천의 귀 종긋 세워도 춤사위만 스친다

푸른 꿈 조각나서 못다 핀 꽃망울들
숲마다 불 밝히는 봉황이 되려무나
바람 너머 물굽이 팽목항에 맴돈다

돌아오지 않는 바람

창가로 다가오는 그림자
무작정 깨고 보는 알몸이
백사장에 누워 있다

빈 잔에 채워진 여명
사랑으로 엉긴 피
백옥처럼 눈이 시리고

맨살로 누운 가슴
충혈된 눈빛에
어제가 떠내려가면

차라리 미풍에도 꿈틀대는
한 마리 뱀이 되고 싶다

혼불의 아우성

- 진도에서

세월호, 네월호 치가 떨린다
꽃잎 품은 어린 새싹 숨을 자르고
천지사방 괴망상으로 혼불 춤춘다

불화산 울먹이며 벼랑 끝에 매달려
악마다 물귀신이다 대명천지 날벼락이다
뭇새들 생의 한자락 물고 날아오른다

물결과 용솟음이 부딪히는 소리
절규하는 아우성에 파도가 뒤집히고
천개의 귀 다 열어도 흐느낌만 들린다

은하강에 샛별처럼 하얗게 피어올라
못다 핀 한 많은 꿈 영롱한 불빛되어
꽃으로 다시 피어나 금수강산 둥지 틀고

자유의 화신처럼 수리가 되려무나
만상萬象에 불 밝힌 봉황이 되려무나
한 많은 꿈으로 자유롭게 날으렴

파도

물보라 헤치고 맨발로
달려오는
저 넘치는 사랑!

제 몸은 주체하지 못하면서
쓰다듬어 안아주는
저 넘치는 사랑!

입술에 머금은 물거품
사방천지
흰빛으로 순결하다

성난 함성에도 서로 보듬어
수평선을 향해 달리는
저 넘치는 사랑!

물거품 입에 물어보지만
바다는
품어주지 않는다

석양 빛

하늘 빛 시나브로 제 목숨 불사르고
강물은 굽이굽이 물살을 붙잡지만
바람은 저들의 발길 멈추게 할 것인가

강기슭 고개마다 바람은 울어대고
모래벌톱 물결도 오색기 흔드는데
님 향한 붉은 가슴이 애간장만 태운다

제 2 부

겨울나무

나무는 하늘을 보고 있다
별을 보고 점치는 밤
별자리를 응시하는 건
상처를 펴보는 일

웃자란 기억을 잘라낸다
뜨겁게 가지가 쌓여가고
한때 신호를 보내오던
초신성 별 따위
멀다
아무도 걷지 않아도
길은 생겨나고

나무는 시린 등을 받치고 서서
어둠을 갉아먹고
몇 줄 고친 생애
낡은 책장 속으로 숨는다

이별 1

그대 떠난 자리 하늘에 걸려 있으니

거기

어찌 아름답지 않으리

이별 2

그대 머문 강물 흐르고 있으니
그대 돌아오지 않아도
슬퍼하지 않으리

한낮의 여정

기라성처럼 늘어선
한낮의 햇볕
스산한 바람으로 길 위에 떠돈다

어떤 절대의 고요 속으로
침투해 가던 그 발자국이
내 안으로 숨어들고
심장의 맥박 어디로 달려가는가

오래된 도시의 뒷골목에서
들려오는 기이한 풍금소리에
신발을 벗고
길이 아닌 길을 걷는다

안개

너는 나를 감는 사슬

기다림 속에서 부유浮遊하는
너의 열기를
나는 사랑한다

잡을 수 없는 수많은 깃털들
보이지 않는 웃음소리

너의 질곡 속에서
나는 숨죽이며 너를 찾아 헤맨다

흐르는 빛

빛을 부수는 어둠속에
나부끼던
오늘의 일상들

어둠은 빛깔도 없는데
흐르는 빛 속에
우리는 구속되는 것인가

음산한 어제와
오늘과
내일의 사이

그 속으로 흐르는

나의 피

잊어야 했다

자유를 주는 것이기에

임진강 나루터

숲에서 깨어난 산새들
줄지어 떠나는 저문 강
물결로 접히는 아버지의 웃음소리
마른 씨앗처럼 바람에 휘날린다

구름을 밀어내는 햇살의 무게
나무의 그림자 지운 강물이 내 눈을 적시고
가슴에 스치는 서늘한 기운
발등에 앉는 은빛 햇살에
강 건너
북녘 땅 아버지의 고향은 보이지 않아

돌아앉아 울음 우는 임진강 나루터
고향을 부르는 아버지의 휘파람소리
먼 북녘 하늘에 맴돌다 다시 돌아오지만
침묵의 강은 길을 열지 않는다

아버지는 고향 가는 길을 잃었고
나는 아버지를 잃었다
하지만
사랑은 길을 잃지 않는다

욕망의 질주

중앙분리대가 있는
그 도로를 건너기 위해
잠시 삼각지대에 선

경적소리
순간, 도시는 정지된 듯 정적에 쌓이고
자동차들의 빠른 속도와는 무관하다
그 정적 속에
도시의 속도가 출렁인다

파란 신호등이 켜지고
경쟁의 속도가 되어
나는 달린다
옆을 스치는 오토바이의 질주

바람을 가를 듯 치달리는 저 무서운 속도는
유행을 따르기 위한
소비의 속도가 분명하다

빨간 불이 깜박거리고
자동차보다 더 빨리 달리고 싶은
내 안의 욕망을 감추느라
가로수 나뭇잎을 본다

그림 책 삽화 같은 거리에서
파란불로 바뀐 신호등은
내 심장을 쏘는 화살촉 같아서
가쁜 숨을 내뿜는
나의 비탄은 욕망의 속도로 분출한다

사랑한다면

솔향기 피어나는 소리
말갛게

수 천 수 만 갈래의 개울물 흘러
바다에 이르듯

어린 소나무 한 그루
날마다
가슴에 심어라

우주의 기원

끝없는 우주를 향해 달려간다
수백만 광년 떨어진 별들
시각이 쇠퇴하고
우리는 내밀한 존재가 된다

아득한 어둠속에서
밤은 내일을 위한
꿈길을 열기 위한 은신처를 만든다

우주는 익명의 존재
밤은 사랑하는 연인들을 위해
수백만의 별들을 덮는다

별들 가운데 한 별
그 누구라도
우주의 기원에 눈을 뜬다

시인은 누구인가

집으로 가는 골목길에서 누군가 나를 보고 중얼거린다
전철 안에서 스마트폰을 들여다 보고 있는 학생이
고개를 끄덕거리며 혼자서 중얼거린다
시인인가?

지하상가를 지나고
좁은 구석에 앉은 두 손을 내미는 노파 앞에 쭈그려 앉는다
영하의 날씨에 맨발의 노파가
두 손을 앞으로 내밀며
흥에 겨워 혼자서 흥얼거린다

무슨 말인지 궁금해서 노파 앞으로 다가 앉아
춥지 않느냐는 내 말에
그녀의 누런 이가 코 밑까지 올라간다
겨울이니까
그래,
겨울은 춥다
시인이 따로 없다

손에 쥐어준 지폐에 입을 맞추고
"고맙수~ 행복이 따라갈 거유!"
아하!
시인을 만난 것이다

그대 떠난 후

여기
가까운 사람마저 잃어버린 세월들이
잠시 머무는 언덕에
밤새
침묵의 시내가 흐르고

메마른 호흡을 안은 채
잠을 깨우는
수많은 언어들

흐르는 유성 때문에
작별도 웃음으로 변할 수 있으리

밀어

심장에 고여 있는
샘물
그대 머무는 곳에
날마다
피어나는 물안개면
좋으리

사랑으로 가는 길은
또 하나의 세계로
가는 길
바람 일어 날아가는
뭉게구름이면
더 좋으리

산그늘

쉬어갈 수 있어 좋다
지친 발걸음 두 발 뻗고 산등성이 올려다 볼 때
구름 머문 그 자리
산 그림자 스치면
두 발에 저린 추억들 구름 풀어 헤치고
하늘 향해 달려간다

태초의 언덕으로 우뚝 솟아버린
산 정상을 휘감는
바람의 날개 짓
나뭇가지 흔들어 산새들 잠 깨우면
석양에 흩어진 구름
산언덕에 감돈다

쉬어갈 수 있어 좋다
산은 나를 부르고
나는 산을 불러
둘이 하나 되어 누워있으면
산그늘
붉은 빛 되어 내 몸에 안긴다

바다에 빠졌어!

청록색 바닷가,
뱃머리 작은 포구에 밀어 넣고
순한 모래밭 맨발로 뛰어가는
어부의 등 따라가던 나는 덩달아
신발을 벗었다

놀란 고기떼 물속으로 숨는 듯
격렬한 소용돌이에 흩어지는 바다,
물 위를 날던
기러기를 따라가던
나는 그만,
바다에 풍덩,
두 팔을 벌리고 하늘을 본다

아, 신발이!
신발을 내던지자 내 몸이 붕 떠올랐다

'나도 날 수 있을 거야'
두 팔을 더 높이 올리는데
기러기들이 웃는다

나는 또 다시 바다에 풍덩 빠지고,
부끄러움에
바다 속으로 숨는

바다 속엔 용궁이 있다는데
지친 두 팔을
허우적이며 무조건 노크를 하니
툭, 툭, 은빛 지느러미가 내 손을 치면서
따라오라는 신호를 한다

가도 가도 끝이 없는 푸른 길
우주를 달리는 기분에 휩싸일 때,
은빛 물고기 나를 돌아봤고
나는 눈앞에 펼쳐진 사방이
유리로 된 용궁을 발견하고, 소스라쳐
외마디 소리를 지른다

입 안에 담뿍 들어오는 물이
목 안으로 꿀꺽 넘어가는 순간
은빛 물고기 내 뺨을 철석 때리더니

저 혼자 용궁으로 들어가 버린다

유리의 성은 점점 푸른 불빛으로 빛나고
그 푸른빛에 내 가슴은
두근두근, 콩닥콩닥,

불빛이 서서히 잦아지면서
내 가슴도 조용해진
그때,
내 귓가에 술렁거리는 속삭임
"바다에 빠졌어"

눈을 뜨니
희미한 형광등 불빛에 엄마의 얼굴이 보인다
"살았구나, 물에 빠져 죽을 뻔 했다."

나는 겨우 치켜 뜬 눈을 다시 감아버린다.

강물은 멈추지 않는다

강물은 그대로 였어
여전히 나를 반기는 산새들
숲에서 막 깨어나
어디론가 떠나고

햇살 머금은 강물은
내 눈을 부시게 했어
담배연기처럼 피어오르는 매캐한 안개 속
목매인 아버지의 절절한 목소리
나를 불러 세우고
아버지!
나는 덩달아 울부짖었지

강물은 아무 대답이 없었어
그저 온 몸을 출렁일 뿐
뚝뚝, 땀방울이 그리움으로 떨어져
나는 돌아서고 말았어

아버지의 음성이 내 발목을 잡았지만
차마 돌아볼 수가 없었어
어차피
강물은 멈추지 않을 테니까

홍시

감나무 꼭대기에 매달린 까치밥 몇 개
노을 진 빛살무늬에도 꿈쩍 않는 저 절개

제 3 부

말잔치

밤을 쪼개는
낯선 유성처럼 쏟아지는 달콤한 언어들
샛별 되어
저녁 배틀에 한 땀씩 수를 놓는다

글 읽는 소리로
빗줄기 오락가락 제자리 찾지 못하는데
황소 한 마리 질화로에
덥석 뛰어들어
어어어…엉! 큰 소리 한 번 질러보지 못하고
자지러진다

횡성 소가 일품이라는 어느 시인의 엄지가
자진모리로 넘어가면서
먹고 마시는 말잔치
한 가닥 진리를 해방시키자는 시인들의 아우성에도
별들은 주설에 걸린 듯 눈만 깜박인다

실눈 뜨고 눈치보던
천지만물 어둠 헤쳐 손 내밀어도
한 잔 술에 취한 시인들의 횡설수설
별이 지고 해가 떠도
또 다른 진리를 해방시키려는
시인들의 축제는
아름다움, 그 속에서 자유가 생성된다고
믿거나 말거나

가을에는

툭툭 떨어지는 빛바랜 그리움

심연에 피어난 한 줄기 빛
사랑보다 더 진한 추억인가
아니다, 그것은 어둠의 비명일 뿐

바람의 나래만이 강물에 출렁인다

젖은 숲
묻어오는 발자국소리
심장에 머무는 아버지의 기침소리
그리움으로 떨어지는
단풍잎 하나

내 마지막 그리운 비밀 하나 낙엽되어 떨어진다

기다림

밤이 깊습니다
별빛 하나 보이지 않는 어둔 하늘을 보면서
아득한 어둠 저 편을 기웃거려봅니다

가끔 버릇처럼 지켜보는 별 하나
오늘은 찾을 수 없지만
기다림은 내일을 위한 희망이 됩니다

인도에서

한낮의 햇볕
보랏빛 구름언저리에 잠시 머물고

어떤 절대의 고요 속으로
침투해 가던 스산한 발자국들
내 안으로 숨어들 때
내 심장의 맥박은 무한대의 경계를 허문다

무질서와 어수선한 부석거림
흰 소떼와 돼지 한 마리
길 잃은 양떼들의 행렬같이 순하다

눈에 보이는 또 다른 물상들
300여 년 전 무골인들의 보석인 양
연꽃과 코끼리의 혼합문양으로
길 위에 반짝거리고
또 다른 길 사이로
헐벗은 트럭 위 맨발의 시체는
공중에 나는 독수리를 부르고 있다

걸음은 빨라지고
한 발, 또 한 발
점점 무감각해지는 나약함
두 눈에 고인 눈물의 서곡은 무엇인지

차도에 구르는 각양각색으로 얼룩지는
동물들의 오물이
햇볕에 반사되는 순간
혜성처럼 나타난 소년이 두 손을 불쑥 내민다

대리석처럼 반질반질 빛나는
새까만 손바닥
소년의 손에 입맞춤이라도 해야 될 것 같은
어정쩡한 내 심장의 발동이 뜀박질을 해서
동전을 든 내 손이 바르르 떨린다

"인샬라"
소년의 목소리에 뒤를 돌아봤지만
소년이 서 있던 그 거리는
이미
붉은 노을로 물들어 있었다

모든 종교는 하나라는 믿음의 성전
붉은 시크리 성에서 들었던
악바르[1] 대제의 잠언이
공명으로 내 귀를 울리는

인샬라, 신의 뜻으로!
방금 걸어왔던 거리는 과거의 흔적인 듯
아득한 피안으로 숨어버리고
신화와 전설까지도
이편에서 저 편으로

---

1) 악바르(1542. 11. 23.-1605. 10. 12.)는 위대하다는 뜻이며, 무굴 제국을 통치한
   제3대 황제(재위 1556년-1605년)이다. 힌두교, 이슬람교, 불교, 기독교 등을 하
   나의 종교로 포용하기 위해 '시크리 성'을 건축했다.

아! 저절로 흘러나온 탄식에
내 두 눈에서 흘러내린
내 눈물의 의미는 무엇인가
어쩌면
천상의 모든 신이 내린
축복의 성수聖水는 아닐는지

이유 없는 반항

때로는
흘러가는 강물이고 싶습니다
선잠에서 깨어난 어린애처럼 기지개만 켜기도 하고
먼 산만 바라보다가 뒤통수를 맞기도 하지만
그러다
문득, 살아야 할 이유를 찾습니다

눈썰매

세상이 온통 눈부시다
눈발은 고요하고 검은 빛들
온 누리에
제 모습 숨기지만
초승달 그 빛을 감추지 못하고
밤안개 헤치는
오늘밤
나는 눈썰매를 타고 바람을 가른다

당신을 향한 간절함이
타오르는 용암보다 뜨거워서
바람에 몸을 씻지만
홀로 지핀
그 불꽃은 아득히 더 먼 곳으로 치솟아
나는 당신의 심장에
주술을 걸 수밖에

연꽃

푸른 자락에 감춰진
거울 하나
그 속에 비치는
환한 미소

한 폭의 수채화에
마음까지 고요해진
자비로운 얼굴

내가 살고 있는
세상에서 묻어 온
오욕汚辱이나 혹여 전염될까
발길을 돌린다

태풍 너구리

– 제주도 용두암에서

창문 흔들며 기웃거리는
바람소리

하늘을 울리는
비행기 소리

바다는 귀가 멀고
파도는 눈이 멀어

살아있는 모든 생물들
너구리 무서워
밤새 줄행랑이다

그리움 1

햇볕이 쨍!
아침에 피어나는 나팔꽃
사랑노래도 불러보지만
늘 곁에 있어도 멀게만 느껴졌던
채워지지 않았던
당신의 빈자리가 이제야

흔들리는 바람처럼
흐르는 시간에도 녹지 않을
마법 같은
기억의 파편들이 이제야 느껴집니다

그리움 2

당신의 발자국소리
창문을 두드리는 눈보라에 지워지고
내 귀는 바다를 떠돌지요

그리움 3

그대 저 만큼,
불러도 갈 수 없는
꿈길 밖
그리움만 쌓이고

그대 아주 느리게, 그림자처럼
길 없는 세상
꿈길 밖
찾아 갈 수 없네

가시나무 새

한 줄기 빛을 위해
너는
차가운 모래바람

한 가지 소망을 위해
수많은 발자국을 짓밟아야 하는
너는
잔인한 모래바람

저 멀리
날아가는 시위가
하늘로 치솟아 분산되는

수만리 공중에서도
너는
한 입 바다를 머금고 하늘을 나는 새

아침의 열기

태양을 향해 몸을 돌리면
마음은
언제나 먼 곳으로 달려간다

내가 살고 있는
메마른 땅에서도
태양이 빛나는 시간만은
순결하다

절망의 숲에서
나를 볼 수 없는
거대한 사막을 지나
함께 숨 쉴 수 있는
저 끝

초록으로 살아나는
아침의 열기에
마음은
언제나 먼 곳으로

축복

먹구름이 올 것 같아
립스틱은 짙게
유행가 가사에 나오는 나팔꽃이 그리워서죠

담장 밑에 피어나는 여린 꽃을 보면서
기억이라는 걸 붙들어 봅니다

누구라도 한 때는 지독한 사랑이 있었겠지요
전설 같은 추억이 없었다면
세상은 황폐한 사막이 되겠지요

가끔은 누군가와 거닐었던 강가에서
흐르는 강물을 볼 수 있다는 것은 축복입니다
당신이 머문 자리에서
오늘만은 흘러가는 구름이고 싶습니다

인사동

인사동 사거리
호박엿 가위질 소리에
한 무더기 바람 같은 나비들이 춤을 춥니다

치열한 삶의 현장
나비의 날개 짓이 무색한
난장 같은 호떡집이 뜨겁습니다

오래된 골목길 굽이굽이 돌아 나온
사물놀이 한마당
굿거리장단에 열두 발 상모의 고갯짓도
제자리 돌고 돌아, 또 돌아
온 우주를 품습니다

제 4 부

봄날의 러브레터

지리멸렬한 하늘에서
갓 피어난 연두
새들이 어디로 데리고 간다

미처 깨어나지 못한 숲 속
앉은부채꽃의 안부
인적을 비켜 흐르던 물가
당신의 체온이 걸터앉은 살얼음

투명해지도록 지켜보던 저녁
별이 떨어진 자국마다
물이 고인다

녹아 내리 듯
흘러가지 않기를
봄비가 내리고 있다

바람 때문은 아니다

눈을 뜨면
끝도 없는 길목에
흩어진 그늘만 쌓여 있다

보이지 않는
새의 울음소리
새벽안개는
감실거리는 나무 잎사귀
꽃들은 입을 연다

황홀한 기색에
잠을 부르는 바람
아픈 기억
대기 속에 감돌지만

허리가 잘려진 아픔만이
바람을 따라간다

결코,
바람 때문만은 아니다

생일 선물

친구 생일 날
내 딴엔 제법 생색을 낸다고 선물을 내밀었다
"에게, 시집이야?"
친구의 반응에 내 간이 콩알만 해진다
"참, 너 시인이지?"
콩알만 해진 내 간이 가슴에 착 달라붙고
얼굴은 홍당무라도 된 듯 화끈거려 두 손으로 감싼다

시집을 후두룩 넘겨보던 친구
"시는 어떻게 읽는 거야?"
글쎄……
"너도 모른 시를 내가 어떻게 보냐?"
막걸리나 한잔 하자고
시집을 한 주먹에 움켜쥐고 일어서는 친구에게 미안하다

종로 3가에서 인사동을 지나
북촌으로 끌려 다닌 나는 입을 꾹 다물고
"왜 죄인처럼 그래?"
그래, 맞다, 나는 죄인이다,

전통 찻집에서 포도주를 마시고
얼어붙은 내 간이 알콜 덕에 실실거린다
"시집이 그렇게 마음에 들지 않았어?"
친구는 갑자기 박장대소를 하는데
나는 죄인처럼 고개를 숙인다

흔들리는 고층 빌딩

고층빌딩에서 바라보는
허공
바람이 불기만 하면
눈길은 굴절한 채 흔들리고

이웃과 이웃이 밀착해
긴 그림자처럼 숨을 곳 없이
거듭 떠다닌다

알 수 없는
깊은 구렁 속 어둠의 무늬들
푸른 산맥이 무너진 자리에
손가락처럼 솟는
철근과
기중기의 행렬

콘크리트에 부서져 상처 난
피로에 지친
휘파람 소리

정오의 햇빛에도
시멘트 위에 떨어지는
땀방울 자국은 굳고
발자국마다 꿈을 밀어내는
사람 위로
떠도는 바람

낮달만 실없이 웃고 있는
하늘
무더운 공기가 일고

푸른 쪽으로
좇아가는 철근의 새하얀
단면

바람은 쉬지 않아
잡을 수가 없다

겨울 파도

물살을 스쳐가는
회색빛 겨울 파도
뱃머리 부서진
고깃배 너울대고
사공의 성난 몸부림은
성감과도 같다

봄이 오면

하늘 기운이 푸르다

도시의 소음들이 나를 부르고
내 안의 세상이
작은 새를 향해 손짓한다

발 닿는 그곳에
만나는 정겨운 얼굴
사랑하지 않을 이유 없다

아쉬움 남기지 않을
그 길 따라
햇살 속을 나비처럼 걸어간다

갈대

허기진 저녁들판 꽃구름 얼룩지고
뜨겁게 달아오른 바람은 정염으로
하얗게 피어오르는 꽃구름 속 몸짓들

사랑이면 좋겠다

바람 속에 속삭이는 푸른 메아리
현란한 몸짓들
떠도는 환상들

현실도 꿈도 아닌
그 무엇
하얗게 피어오른다

나를 구속하는 봄날
들풀에 흩날리는
보라색 깃털

창살에 흐르는
그 무엇
안개처럼 피어오른다

저 별이 있기에

별을 향해 자라는 나무 꼭대기에
둥지를 틀어 놓고 싶은 밤입니다
세상일을 모두 잊고

하늘에 뜬 별을 만져보고 싶습니다

혼자일 때가 살아있음을 절실히 느끼지요
매순간을 음미하며 어둠 가운데
한 별을 봅니다

침묵은 깊은 강이 되고
삶은
시간 앞에 꾸벅꾸벅 졸고 있습니다

얕은 잠 갈피 사이

얕은 잠 갈피 사이 바람이 스며든다
피 멍든 가슴 태우다 등 돌려 눈물짓고
꿈자리 헛된
그리움 죽순처럼 솟는다

봄 햇살

자벌레 길을 접는
만남의 뒤란에서
물이랑에 부서지는 사랑이 있어 좋아라

굽이치는 개울따라
조약돌이 달려간다
개구리 아우성에 저 물소리 멈춰설까

등 굽은 소나무 솔향기에 취하고
새들의 입맞춤에 놀라지만
'세상은 우연의 완성' 말씀 하나 받는다

삼일절

*삼월하늘 가만히 우러러보면
 유관순 누나를 생각합니다[2]

태극기 휘날리던
독립만세
독립만세에
우리는 새롭게 태어났건만

누이의 짧은 생애는
흐르는 역사 속에 그 흔적을 감추고

부끄러움을 모르는
우리의 의요 생명이요 교훈은
잊어버린 듯

---

[2] 삼일절 노래 가사

손톱 밑이 빠져보질 않아서라는
변명 아닌 야유를 즐기면서
이 날만은 길이 빛낸다

한강물 다시 멈추지 말아달라고
선열에게 이 나라를 돌봐달라고
태극기 휘날리는

대한독립만세 우렁차도
유관순의 눈물은 보이지 않는다

잔인한 출항

선창가 어둠 속에 속살 비친 소금바람
갑판 위 서성이는 갈매기 날갯짓 소리
항구의 어둠을 한 입에 물고 출항하는 고깃배

봄을 불러주세요

회색빛 하늘이 피돌기를 합니다

갓 피어난 연둣빛 봉우리 기웃거리고
풀숲이나 둥지에서 속삭이는
새들의 지저귐은 봄이 부르는 메아리겠지요

겨울잠에서 깨어난 숲속 동물들이
굴 밖으로 뛰쳐나와
시냇가 개울물에 손을 씻는
그대,
그곳으로 발맞추지 않으렵니까

푸른 초원에 수놓을 야생화가 보고싶습니다
우리가 꿈꾸었던 은빛 물줄기도 궁금합니다
우리가 즐겨 밟았던
화려한 밤과 도도한 파도소리는
겨울에 짓눌렸던 아픈 상처를 씻어주겠지요

봄비에 젖은 당신의 수액이 필요합니다
새롭게 피어나는 어린 생명들의 심장을 채워주시고
다시 한 번 저에게도 옷깃을 여미게 하소서!

따뜻한 그리움의 러브레터

허형만 시인 / 목포대 명예교수

　오랜만에 안혜숙 시인의 시를 읽는다. 소설가로서 더 잘 알려져 있는 안혜숙 시인의 작품을 편편으로 종종 읽긴 했지만 이처럼 시집으로 한꺼번에 읽다보니 언제 이렇게 작품을 쓰셨지 싶게 놀라움과 시적 성취에 감탄을 금할 수 없다. 이 글은 본격적인 시 해설이라기보다는 시인의 시정신의 일면을 간결하게나마 잠깐 들여다보는 의미로 읽힐 수 있음을 먼저 밝힌다.

　안혜숙 시인의 시세계는 세계에 대한 따뜻한 시선과 마음을 심장 속에 품은 사랑이며, 시인이 시집 제목을 『봄날의 러브레터』라고 정한 이유 또한 거기에 있을 것으로 보인다.

자리멸렬한 하늘에서

갓 피어난 연두

새들이 어디로 데리고 간다

미처 깨어나지 못한 숲 속

앉은부채꽃의 안부

인적을 비켜 흐르던 물가

당신의 체온이 걸터앉은 살얼음

투명해지도록 지켜보던 저녁

별이 떨어진 자국마다

물이 고인다

녹아 내리 듯

흘러가지 않기를

봄비가 내리고 있다

                          - 「봄날의 러브레터」 전문

시집의 표제작이다. 봄날은 희망을 불러일으키는 우주의 선물이라고 말한다. "갓 피어난 연두"와 "앉은부채꽃의 안부"가 바로 우주의 선물이지 않겠는가. 시인의 봄날은 이처럼 우주와의 상통 속에서 "당신의 체온"을 떠올리고 그 체온이 "투명해지도록 지켜보"는 일이야말로 남다른 사랑의 징표이지 싶다. 그렇다면, 지난 겨울의 흔적으로 아직은 덜 녹은 살얼음이 녹아내리듯 내리는 봄비는 시인에게 어떤 존재일까. 그것은 아마도 존재 이전의 존재, 다시 말해 시인이 품고 있는, "미처 깨어나지 못한 숲속"처럼 간절했던 사랑이라는 존재가 아닐까. 그 사랑은 "제 몸은 주체하지 못하면서/쓰다듬어 안아주는"(「파도」)파도와 같은 것인지도 모른다.

허공으로
아름다운 통증이 낮게 날아간다
더위에 지친 낯선 군상들의 표정과
생의 한 자락을 물고 벼랑으로
사라지는 새

지상에서는 다시 볼 수 없는
물결과 별빛이 부딪히는 소리
그 아픈 소리에 천 개의 귀를 열고
가만히 운다

목화 터지듯 하얗게 피어오른
밤하늘에 별 하나
강물위에 떨어져

맨발로 서 있는

고독의 끝에서 길을 여는 새

등짝을 찰싹 후려친다

- 「새」 전문

안혜숙 시인의 사랑은 한사코 겉으로 드러나지 않는 심
장 속의 "하늘"(「이별 1」)이며 속살을 할퀴는 "노을"
(「바다에서 나를 본다」)이며 동시에 "허공으로/아름다운
통증"을 품고 "사라지는 새"임을 부인하지 않는다. 그러기
에 시인은 "지상에서는 영원히 다시는 볼 수 없는/물결과
별빛이 부딪히는 소리/그 아픈 소리에 천 개의 귀를 열고/
가만히 운다"고 고백한다. 어쩌면 시인이 품고 있는 사랑
이란 "고독의 끝에서 길을 여는 새"가 아닐까. 이처럼 처
절한 사랑이라면 우리는 이쯤에서 그만 목을 놓고 만다.
항상 그 무엇인가를 갈망하는 존재가 인간이라면 "등짝을

찰싹 후려친" 그 경련하는 아름다운 사랑이란 안혜숙 시인이 우리에게 보내는 까닭모를 신선한 선물에 다름 아니지 않겠는가. 사랑이란 이름이 붙어있는 그 어떤 존재, 즉 "새"라는 상상력을 통한 우주적 존재야말로 우리가 추구하는 진정한 시적 감각임을 이 시에서 다시금 깨닫는다.

허형만 시인/목포대 명예교수

안혜숙 시집

봄날의
러브레터

초판 발행 _ 2015년 3월 27일
지은이 _ 안혜숙

펴낸이 _ 노승택
펴낸곳 _ 도서출판 다트앤
편집/표지 디자인 _ 임정호

등록 _ 1998년 9월 15일
등록번호 _ 제22-1421호

서울시 종로구 삼일대로 30길 21 (낙원동 종로오피스텔) 1214호
tel 02.582.3696
fax 02.3672.1944

값 10,000원
ISBN 978-89-6070-579-1 03810